講開有段古：

老餅潮語

蘇萬興 編著

中華書局

自序

俗語，今亦稱為「潮語」，即當時民間常用之語句。廣州話俗語出處不簡單，有些是過去中原文化的承傳，有些則源於古代神話、人物，亦有源於當時社會背景的，非常有趣。俗語反映了當時的社會現象，但亦會隨着時代的變遷而消逝。

前幾年，不時聽到「屈機」、「〇咀」等詞語，本人對這些潮語的起源和用意不甚了了，但卻對它們能夠流行普及於年輕社群的日常生活，感到好奇。因此我忽發奇想，不如把當年父輩及於二十世紀五六十年代流行的俗語寫下來，以免失傳。

有一點需要特別聲明的是，書中所述及的詞句，部分寫法並未能得到考證，現只取其音而已，盼有識者能予以雅正。

在搜集和整理俗語的過程中，參閱了不少前輩的著作，亦得到不少好友相助，如幸仲賢小姐、李國柱先生、黃競聰先生，以及其他各位好友，本人在此一一致謝。

蘇萬興

目錄

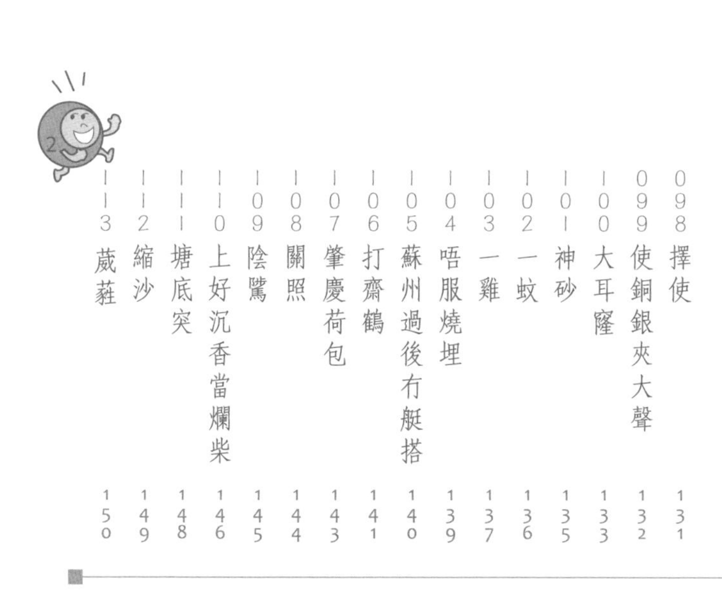

001 坐定粒六——絕對有把握。

dzɔ6 diŋ6 nɐp1 luk6

我哋人強馬壯，對手老弱殘兵，坐定粒六，贏梗啦！

以前，骰子是很多種賭博的工具，其中有一種賭博叫做「擲牛六」，即各自擲一粒骰子，然後看看誰的點數大。骰子有六面，每面都有一個點數，由一至六，最大的是六，如果擲得六點，當然有贏無輸。

依撈七 ji1 lou1 tsɐt1 ——一定得；不顧一切地去做。

唔理咁多，依撈七一於去盡！

昔日，農村開賭，以麻將、天九牌為主。天九牌有種玩法叫「密十」，每人取兩隻牌，以加起來的點數最大者為勝。由於中國傳統不喜「盡數」，所以十點反而是最小，最大的則是九，這也暗合九數至尊的道理。撈的意思是「撈埋」，即夾合。如果取到的第一張牌點數是二，另一張牌最好「撈」什麼？當然是七點，夾合起來剛剛九點，必勝。故此便有了「二撈七」的說法，後來又發展出諧音「依撈七」。

我同佢三唔識七，絕無關係。

話説賭天九牌密十時，賭徒最怕來一對加起來點數是十的牌，若第一張牌是三點，再來的千萬不要是七點。此時，持牌的人便會大聲喊出「三唔識七呀！」，以表達不想取得「密十」點數的心情。

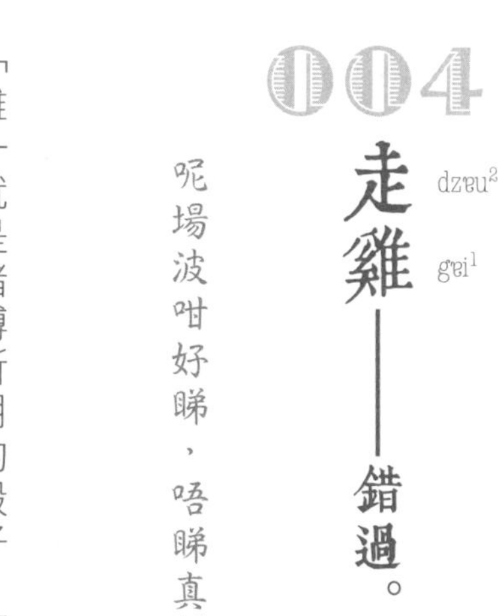

004

走雞 dzɐu[2] gɐi[1] —— 錯過。

呢場波咁好睇，唔睇真係走雞！

「雞」就是賭博所用的骰子。有種賭法是把一粒骰子擲放碗中，直至骰子停止轉動，再看其頂的點數來決定勝負。有時如果擲得太大力，骰子會跳出碗外，這叫「走雞」，而擲出來的數字便不算數，要重新再擲。久而久之，「走雞」演變成了錯過的意思。

005

da2 sik1

唔好睇佢咁後生，其實佢喺度打晒骰。

以前在牌九檔做莊的人，以擲骰子的點數決定取牌次序，稱為「打骰」。除了打骰之外，做莊的人還有權決定從左或從右開始取牌，以及取牌的方式。

一戙都冇——無辦法。

jɐt[1] duŋ[6] dou[1] mou[5]

東改唔得，西改又唔得，今次真係一戙都冇。

天九牌分文子、武子兩種牌，組合有數種，如一對、三隻、四隻，當中又分文對和武對。由莊家先出牌，閒家（即其他參加者）要跟着打出同類的牌，例如文要打文，不能打武。不能打時，即沒牌可出，惟有墊，即放下相同數目的牌，這一疊牌就是「一戙牌」。下家如有牌可出，便能贏得上家那一戙牌。玩到最後一隻，人家出牌時，自己如無一戙牌在手，即使有大牌亦不能打，還要輸雙倍。

007

地莊——極限，唯一本錢。

dei[6] dzɔŋ[1]

今晚食飯，我地莊得咁多，你帶夠錢去找數至好，睇餸食飯喇。

此句亦出自牌九。牌九檔不由檔主做莊，而是由賭客其中一人或兩人合作做莊，不論誰人贏錢，檔主只從中「抽水」。牌九共有八門，一門莊家，其餘七門，每門取牌一份，由莊家擲骰決定取牌先後次序。各門取牌後依牌例擺牌，擺定後莊家亦擺牌，各門的牌以莊家為對手，比莊家的牌大則贏，反之則輸。由於莊家以一對七，必須有足夠本錢，若無足夠的本錢，也可以將本錢拿出來，放在枱上，稱為「地莊」。「地莊」的意思是用放在枱上的錢來做莊，輸贏都是這個數目。因此，「地莊」表示已是唯一的本錢，已盡所能。

揭盅 kit[3] dzuŋ[1]——真相大白。

唔到揭盅，都估唔到個結局。

「揭盅」此語出自番攤，賭番攤是用一個金屬造的蓋子，將抓出來的攤子蓋住。這蓋子的形狀似茶盅的蓋子，攤館中人稱為「盅」。賭徒下注猜測盅蓋下面的攤子開什麼攤。停止下注後，扒攤子的人將盅蓋揭開，用竹籤把攤子扒開，就知道開什麼攤，因此「揭盅」便被引申為真相大白的意思。

009 七個一皮——手忙腳亂，工作緊張。

tsɐt[1] gɔ[3] jɐt[1] pei[4]

今日生意好，客人多，做到七個一皮。

昔日賭「番攤」時，先把一堆好像鈕釦的攤子用盅蓋着，開攤時把盅揭開，用竹籤扒攤，四個一組，稱為「一皮」。扒到最後，當餘數是三時，則叫開三，買中三的賭客有錢賠，如此類推。如果開攤者不依規則，想急急地把攤子扒完，就會亂扒一通，不再四攤一皮地扒，而有時會出現七個攤子一組，這就叫「七個一皮」。

010 睇差一皮 tɐi[2] tsa[1] jɐt[1] pei[4]

——眼光失準。

平日睇佢咁斯文，今日竟然同人打交，真係睇差一皮。

在舊日的番攤館，有一種叫「攤鬼」的人，他們專靠看攤皮混飯吃。開攤時，攤官會先將攤子撥開為兩半，此為攤皮，然後四個一組地扒開。「攤鬼」的眼光十分銳利，當攤官將攤子撥開兩半時，他只需五秒鐘即可看到開攤的結果，若見到有大客買中，便對那位大客說「你中了」，若那大客真的中了，便會給他打賞。可是，有時「攤鬼」也會看錯，明明是開一攤，卻報錯開四攤，便會被人說「睇差一皮」。

011

收皮——結束。

sɐu[4] pei[4]

打得咁差，收皮啦！

「收皮」是番攤術語。扒攤時以四個為一皮地扒，當所有攤子都被扒開後，即為「收皮」，後來引申為結束的意思。

012 紅牌 hung4 pai4 ——頂尖、最紅、最優秀。

佢周身本領，正式紅牌阿姑，唔憂無人請！

「紅牌」一語出於賭館。以前賭坊有專用來招待大客的特別地方，叫「樓上銀牌」。大客賭注較大，拿着幾十斤，甚至幾百斤白銀實在太重了，於是賭坊會先收下銀錢賭本，然後發出籌碼代替。籌碼用錫鑄成，叫做「銀牌」，「銀牌」上寫明先前收下的賭本數目。每一口投注都使用相符的籌碼，買中了，賭坊用一張紅紙牌押在賭客的銀牌下面，表示那些籌碼是贏來的。既然是贏錢記號，紅牌便有了吉利的含義，後來便被引申為最優秀、最頂尖的意思。

至於「紅牌阿姑」，則跟石塘咀有關。據說早年石塘咀的妓寨，門口掌櫃位後有一大木牌，上面掛滿小竹牌，每個竹牌寫上一位妓女（阿姑）的藝名。哪位阿姑被恩客請出侍酒，掌櫃便用硃砂筆在其竹牌上畫點作記。竹牌上有愈多紅點，表示該位阿姑愈受歡迎，「紅牌阿姑」即由此而來。

013

鹹濕 ham4 sap1 —— 色情，猥褻。

啯個人成日眼甘甘望住人，個樣好鹹濕。

昔日娼妓合法化時，男人要解決性慾，便會去召妓。有錢的人可以去高級妓寨飲花酒，至於低收入的男人，就會去一些較低級的妓寨。由於他們一收工，涼還未沖，一身臭汗，又鹹又濕，於是被妓女稱為「鹹濕佬」。後來，「鹹濕」成為了色情、猥褻的形容詞。

014 字容 dzi6 juŋ4 ——底細，隱私。

你唔使唔認，一早就起清你字容喇！

「字容」一詞與賭字花有關。字花亦稱「花會」，在一八七〇年已出現，是中國民間流行的一種賭博方法。字花一日開三次獎，每局有三十六個號碼，每個號碼代表一個「替身」，「替身」可以是古人、事物或成語等。每局「字花廠」（莊家）會事前便標出「花題」，與該場所開的字花名——如「占魁」、「扳桂」等有關的一句話或幾個字，稱為「字容」，讓賭客憑此去射覆一番，然後下注。當時有不少報紙會畫漫畫作為字花

「貼士」，增加銷售，當時有些打油詩便是用來形容這種情況的，如：「天一光，睇東方，公仔靈，日日贏。」如果有人買中了，只是一賠三十，並非一賠三十六，所以莊家幾乎可說是必贏的。後來，這句俗話演變為底細、隱私的意思。

015

呢鑊杰 nɛ[1] wɔk[6] git[6]——大事不好。

呢鑊杰，打爛咗老闆的家傳之寶！

「呢鑊杰」，其實是「呢鑊竭」。這俗語是由煮鴉片煙而來，煮鴉片煙時「水多則稀，水少則竭」，太「竭」則代表鴉片煙煮壞了。

016

大鑊 dai6 wɔk6——大件事。

今次大鑊，偷懶被老闆捉到，炒梗喇。

鑊，大口的烹具。自商周之後，鑊和鼎都是華夏民族烹煮食物的主要工具。高誘《淮南子》注曰：「有足曰鼎，無足曰鑊。」先用鑊煮食物，再用鼎盛載，並在鼎內加入各種調味，這就是鑊與鼎的關係。後來鼎成為祭器，鑊卻成為燒飯炒菜之用具。

鑊在古代除作燒飯煮菜之用外，還是一種刑具。《搜神記》卷十一「楚干將、莫邪為楚王作劍」條內有云：「客有逢者，謂：『子年少，何哭之甚悲耶？』曰「吾干將、莫邪子也。楚王殺吾父，吾欲報之！」客曰：「聞王購子頭千金，將子頭與劍來，為子報之。」客持頭往見楚王，王大喜。客曰：「此乃勇士頭，當於湯鑊煮之。」能夠煮人頭的鑊必然很大，所以後來演變為當出現重大問題時便會說：「呢次大鑊！」，即該事將招致重刑之意。

017

吞泡 tɐn[1] pɔk[1]——偷懶。

開工唔見人，收工就出現，成日走去吞泡。

此語起源於食鴉片煙。鴉片作為毒品，吸食需要工具，例如煙簽、煙燈、煙槍等，一般的方式是將熟鴉片搓成小丸，在火上焙軟後，塞進煙槍的煙斗中，翻轉煙斗對準火苗，吸食燃燒所產生的煙，整個過程費時不少。這些搓成的小丸名為「煙泡」。如果癮

君子煙癮發作，但因為現場工具不足，或因場地和時間所限，惟有將這些小丸和水吞服，以解決煙癮。吞泡可減省時間，後來引申為偷懶。

騎劉皇馬——有借冇還。

kɛ4 lɐu4 wɔŋ4 ma5

你借錢俾佢，佢邊度有得還吖，一定又騎劉皇馬！

「劉皇馬」出自《三國演義》中之「劉備借荊州」。劉備又名劉皇叔，他向孫權借荊州，但一直未有交還；劉皇叔的馬即為劉皇馬，當然同樣有借冇還。

019

鬠雞 tsɔŋ[4] gɐi[1]

——蠻不講理。

呢個女人好鬠雞，唔好惹佢。

廣東在南漢時為劉鋹所統治，南漢為五代十國之一，曾稱「大越國」，建都廣州番禺（今廣州），稱興王府；盛時疆域有六十州，約為今廣東、廣西兩省及雲南的一部分。劉鋹（九四二—九八〇年）原名劉繼興，他霸道非常，喜歡鬥雞，所蓄養之雞甚至封以官位，每當雞奴捧着鬥雞在街上走過，路人都要走避，否則要下跪相迎，所以人稱劉之雞為「鬠雞」。本來劉之鬥雞為公雞，但不知如何，現時鬠雞卻用以形容不講理之女人。

020 猜澄尋 tsai[1] tsiŋ[4] tsɐm[4] ——猜包剪揼來決定。

唔好推來推去，猜澄尋決定邊個去買飯盒！

南漢王劉鋹不擅治國，終日荒淫無道，政事皆委託宦官龔澄樞及女侍中盧瓊仙等人辦理，就連宮女亦任命為參政官員，其餘官員只是聊備一格而已，引致政事紊亂。龔澄樞及劉鋹，兩者均魚肉人民，「猜澄尋」，其實是猜「澄鋹」，就是猜測到底是龔澄樞還是劉鋹作主。現稱「猜澄尋」為「猜包剪揼」。

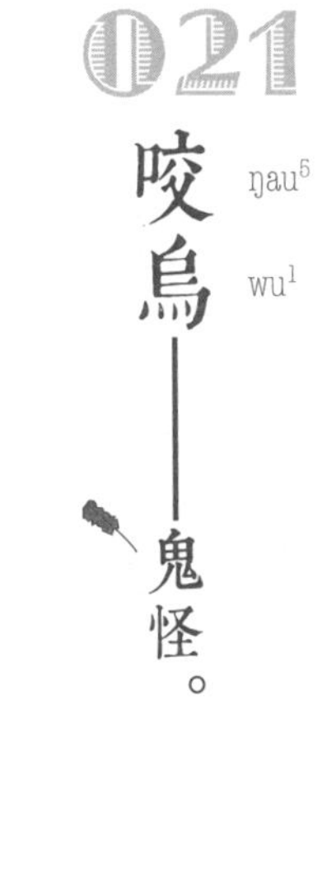

021 咬烏 ŋau5 wu1 —— 鬼怪。

你再扭計，今晚咬烏佬就嚟捉你。

「咬烏」是「坳胡」之音轉。「坳胡」姓劉，名胡。《宋書．鄧琬傳》載：「劉胡，南陽涅陽人也，本名坳胡，以其顏面坳黑似胡，故以為名。及長，以坳胡難道，單呼為胡。」「坳黑」即是「黝黑」，劉胡的膚色黝黑，樣子酷似胡人，故時人稱他為「坳胡」。劉胡是南朝劉宋的將軍，他曾帶兵「討伐諸蠻，往無不捷」，「蠻甚畏憚之」。所謂「蠻」，是指昔日盤踞於湖廣的五溪蠻及世居於福建、兩廣一帶的南蠻諸部。劉胡屢次

大破蠻族，聲威遠播，蠻人聞其名而色變，就連小孩子也怕了他。《宋書》謂：「小兒啼，語之云『劉胡來』便止。」

022 烏利單刀——亂七八糟。

烏 wu1 利 lei1 單 dan1 刀 dou1

佢做嘢亂晒籠，真係烏利單刀！

一二七一年，忽必烈定國號為元。一二七五年正月，忽必烈下令元軍大舉南下，不久攻陷了南宋都城臨安。一二七八年，元軍統帥張弘範率大軍，追擊宋臣陸秀夫、張世傑和他們扶助的小皇帝趙昺至香山縣（今中山市）一帶。元軍有個剽悍將領叫烏利，他騎着高頭大馬，舞起一把尖利單刀，領兵在香山坦洲（今中山坦洲鎮）追擊宋軍。其時，幾名受傷南宋將士在當地村民幫助下，坐小艇渡過了一道小河。烏利快馬趕到河邊，揮動單刀，策馬大呼一聲，躍跳過河。說來也奇，忽然一陣狂風驟起，烏利連人帶馬跌落河中，因不懂水性，掙扎片刻便淹死了。元人消滅據守崖山（今屬江門市新會區，昔日屬香山縣）的宋軍後，強逼當地人立廟拜祭烏利，此後更申令南粵一帶也要建廟祭祀烏利，廣州城區便曾建有三座「烏利將軍廟」。廟裡供奉的烏利塑像，黑臉、豎眉、鼓目、撅嘴、絫鬍，身穿黃戰袍，頭戴紅色尖頂元兵軍帽，足蹬一雙長筒蒙人氈靴，右手倒執一柄銀亮單刀。但當地居民不甚賣他的賬，因而香火冷落，烏利的塑像亦因而殘破。後來人們就以「烏利單刀」來嘲笑別人做事亂七八糟，一塌糊塗。

023 托大腳 tɔk3 dai6 gœk3——巴結、奉承。

此人見高就拜，見低就踩，專托大腳。

唐朝薛懷義，本名馮小寶，後成為武則天的男寵。為掩人耳目，在武則天的安排下出家為僧，並改姓薛。薛懷義的隨從張岌，對薛懷義非常巴結，經常跟出跟入，一見薛懷義上馬，便連忙俯伏地上，替薛懷義捧腳上馬。別人見張岌此舉，不恥其行為，後來便稱此拍馬屁行為為「托大腳」。

老細，你係我心中
最接近神嘅男人！

024 見周公 gin[3] dzɐu[1] guŋ[1]——睡覺、發夢。

唔好叫醒佢，佢見緊周公。

周公，姓姬名旦，亦稱叔旦，周文王姬昌第四子。因封地在周（今陝西省寶雞市岐山北），故稱周公或周公旦，為西周初期傑出的政治家、軍事家和思想家，被尊為儒學奠基人，是孔子一生崇敬的古代聖人之一。這句俗語出於《論語》：「甚矣吾衰也，久矣吾不復夢見周公。」孔子對周公仰慕不已，甚至做夢也希望夢見周公，向他請教。

025 貼錯門神——互不瞅睬。

tip[3] tsɔ[3] mun[4] sɐn[4]

佢兩公婆成日嗌交，貼錯門神咁。

門神有很多不同版本，其中最為人熟悉的是秦叔寶與尉遲恭兩將。相傳唐太宗時，司掌雲雨的涇河龍王，與長安城的一位鐵口相士打賭，某年、某月、某日、某時，降雨若干。龍王自恃職司行雲布雨，控制雨量，胸有成竹。不料是日玉帝降旨，降雨的時間與雨量，竟然與相士所說的完全吻合。龍王為了贏取這場賭注及顧全面子，竟加重雨量，使整個長安城泛濫成災，人畜死傷不計其數。此舉觸犯了天條大罪，玉帝盛怒，下令將他斬首示眾，並由唐太宗的宰相魏徵監斬。涇河龍王向唐太宗求救，太宗乃使計請魏徵前來下棋，以耽誤監斬時辰。到了午時三刻，魏徵在棋桌上睡着，唐太宗以為龍王可免於被斬，豈知魏徵就在夢中斬了涇河龍王的頭。

從此龍王天天來向太宗索命，每當太宗想就寢，門外即有鬼魅哭號，吵得太宗無法入睡。太宗將此事告知群臣，秦叔寶建議：「願與尉遲敬德戎裝立門外以伺。」太宗准奏。秦叔寶、尉遲恭兩將一執宣花斧，一個執鞭，精神抖擻徹夜佇立宮門左右，果然無鬼來擾，一連幾天，夜夜平安。太宗慮及兩位愛將太辛苦，便令畫師畫了兩將的像掛在宮門兩旁，果然同樣太平無事。消息傳出，民間也模仿宮中，畫秦叔寶、尉遲恭像，於歲末貼在門上，以驅鬼辟邪，保一歲安寧。傳統上秦叔寶站於門左，尉遲恭站於門右，為使人們不會貼錯，繪畫時特意將兩人的造型稍為偏向對方，使二人對望。假如貼錯，二人則會變成相背而站，互不瞅睬。

026 老襟 lou5 kem1——老婆姊妹的丈夫。

我個姨仔係佢老婆，我哋係兩老襟。

襟是衣襟，古時衣服右上角的結連布。南宋時有名臣洪邁，官至翰林學士、龍圖閣學士、端明殿學士，以筆記《容齋隨筆》、《夷堅志》聞名於世。洪邁在《容齋隨筆》裏記載了堂兄的一則故事：洪邁的堂兄在泉州做幕僚，很不得志，他妻子的姐夫其時任淮東使者，知道這件事後，為洪邁的堂兄寫了一封推薦信，推薦他到京城去供職。洪邁的堂兄很感激，但自己文筆不好，於是委託洪邁代寫了一封感謝信寄給妻子的姐夫，信裏有這樣的詞句：「襟袂相連，夙愧末親之孤陋；雲泥懸望，分無通貴之哀憐。」是借用了杜甫的詩句，用衣襟和衣袖（袂）形容兩人分別娶兩姊妹的親戚關係。「襟袖相連」簡化成為「連襟」，廣州話又演變成「老襟」。

027 金叵羅 ——珍貴，通常用來比喻小童。

gɐm1 pɔ2 lɔ4

幾十歲人先至得一粒仔，梗係當佢金叵羅喇。

金叵羅，古代一種酒杯，敞口淺杯。千多年前的《北齊書．祖珽傳》載：「神武宴僚屬，於座失金叵羅，竇泰令飲酒皆脱帽，於珽髻上得之。」珽指祖珽，北齊後主高緯時的宰相。顯然這金酒杯非常珍貴，祖珽貪念大發，順手牽羊，暗中收藏在頭上的帽子裏，但還是給搜了出來。清代程正揆《孟冬詞》：「西洋新進葡萄淥，宣賜百官金叵羅。」可見古時皇宮飲宴喜用珍貴的金杯，後成為廣州方言，形容人物之矜貴。

028 唔使問阿桂

ŋ4 sɐi2 mɐn6 a3 gwɐi3

——來龍去脈已很清楚，不必多問了。

開工唔見人，唔使問阿桂，一定走咗去蛇王。

「唔使問阿桂」中的阿桂，原名李世桂，是光緒年間的人。他最初是駐守廣州五仙門的左哨千總，經常勒索進出城門的商旅，或誣良為盜，藉此向旅人勒索贖金才把他們釋放。李世桂將貪污得來的銀兩賄賂上司，以換取升官機會。後來他升至守城參將，包煙庇賭，無惡不作，廣州市民無不咬牙切齒。光緒三十一年六月，清政府取締廣東巡撫一職，改由兩廣總督岑春萱兼任。岑總督為了整頓廣州的市政事務，大力整肅貪官，李世桂是臭名遠播的大貪官，岑總督首先把他拘押審訊，以殺一儆百，大快人心。廣州人創作了一首名為《問阿桂》的歌曲，流行一時，部分歌詞是這樣的：「唔使問阿桂，阿桂如今實在慘悽。自從被押日夜咁震巍巍，想起往日何等逍遙，今日何等閉翳……」第一句「唔使問阿桂」成了流行俗語，泛指凡有壞事，不必查問，必然是有前科的某君所為。

陸榮廷睇相——唔衰攞嚟衰。

luk^{6} wiŋ^{4} tiŋ^{4} tɐi^{2} sœŋ^{3}

好好哋就唔好改，改咗重衰過舊時，真係陸榮廷睇相。

陸榮廷是民國初年的廣西督軍，袁世凱稱帝，雲南起義，陸榮廷響應，打到廣東，趕走龍濟光，成為廣東督軍。一日，陸榮廷打扮成乞丐去看相，結果被相士識破他是大富大貴的人。真相被揭穿，是所謂「唔衰攞嚟衰」。

缸瓦全打老虎——盡地一煲。

gɔŋ1 ŋa5 tsyn4 da2 lou5 fu2

最後一個機會，一於缸瓦全打老虎！

以前，很多小販挑着各種日用貨物到各城鄉販賣。據說有位上門賣缸瓦的人叫阿全，一日挑着一擔缸瓦落鄉叫賣，經過山崗時遇到一隻老虎，阿全沒有武器，惟有用身邊的缸瓦擲向老虎，令到老虎不敢走近，但老虎仍不肯離去，阿全只好把最後一個大砂煲擲出去，剛好擊中老虎的眼，老虎嗚號而去。後來鄉人知道此事，就稱為「缸瓦全打老虎，盡地一煲。」

031 阿茂整餅——無嗰樣整嗰樣。

a³ mɐu⁶ dziŋ² bɛŋ²

無端端搞件事出來，真係阿茂整餅。

阿茂真名為區茂，區茂是昔日廣州市蓮香茶樓的製餅師傅。蓮香樓賣老婆餅、棗蓉酥、皮蛋酥等餅食，區茂經常落舖巡視，看看哪種餅食賣光就加做該種餅食，即「無嗰樣整嗰樣」，本是褒義讚許阿茂親力親為，現在卻形容畫蛇添足，變成貶義。

阿
茂

032

得 dɐk[1] 敕 tsik[1]——意氣風發。

入咗一球就咁得敕，因住臨尾被人數番轉頭。

「敕」即是敕書，是皇帝行文予朝臣的詔書，用以慰諭公卿、誡約朝臣。「得敕」，就是得到皇帝的文書，所以意氣風發。

033

大安旨意 dai[6] ɔn[1] dzi[2] ji[3]——絕對放心，不多加留意。

因住塞車遲到，早啲出門口，唔好大安旨意。

大安，長治久安；旨意，皇帝的命令。因為有皇令，所以不需擔心。

034 黃馬褂——皇親國戚。

wɔŋ4 ma5 gwa3

小心啲，呢個人係老闆親信，黃馬褂嚟。

清朝朝廷各級官員皆有不同的官服，官服亦有不同的補子裝飾，文官的補子以禽鳥分等，武官以獸分等。馬褂是男性所穿的長外衣，黃色是皇家專用的顏色，黃馬褂沒有補子，只御賜予皇親國戚；有些重臣亦獲皇帝賞賜，例如欽差大臣及使臣等。

035 詐帝 dza^3 $dɐi^3$

——假扮、假裝。

唔該你執埋啲手尾至好收工，唔好詐詐帝帝咁走咗去。

「詐帝」這名詞出於漢書，話說項羽圍攻滎陽，劉邦不敵求和。項羽的部下認為不可受降，要攻下滎陽。劉邦手下紀信，曾參與鴻門宴，隨劉邦起兵抗秦。由於身型及樣貌恰似劉邦，在滎陽城危時假裝成劉邦，坐着王車走出圍城東門，向西楚項羽詐降。楚軍以為是真皇帝，放鬆了圍攻，劉邦得以與數十隨從經西門逃走。後來項羽發覺受騙，但見紀信忠心，有意招降，紀信拒絕，最終被項羽用火刑處決。紀信這一招就是詐作為帝，騙了楚霸王。

036

馬屎憑官勢——恃勢凌人。

ma[5] si[2] pɐŋ[4] gun[1] sɐi[3]

恃住老闆係佢親戚，成日蝦蝦霸霸，正一馬屎憑官勢。

原句是「腳踏馬屎憑官勢」，古時官乘馬，隨從跟後，踏着官員馬匹遺糞，卻依仗官威欺壓百姓。可能七字一句太長，縮短成五字，卻日漸失去本意了。

037 唔入流——不夠資格。

唔 ŋ4 入 jɐp6 流 lɐu4

佢只係散仔一名，並非經理級，唔入流。

封建時代，朝廷文武百官均按官制分為十八階，即正及從各九個等級，稱之為品，最高是正一品，其次是從一品，再下是正二品，如此類推。新科狀元會授正六品編修，一般的縣官是正七品，九品以下則稱為未入流，後廣州話演變為「唔入流」。

038

出恭 tsœt[1] guŋ[1]——大便。

一叫你做嘢，就話要去出恭，真係懶人多屎尿。

「出恭」一詞起源於明朝科舉試場。當時考生進入試場，一連三天，食宿生活都在試場之內。考生如果需要暫時離開試場如廁，須取「出恭」牌，大便稱「大

恭」，小便稱「小恭」。如廁完畢要換取「入敬」牌，方可返回試場，此舉乃避免有人冒充考生代筆。

039

食過夜粥——學過功夫。

sik6 gwɔ3 jɛ6 dzuk1

食過幾晚夜粥，果然打得兩下。

話說當年武館常在晚上練功，一眾徒弟在練完功夫都會肚餓，於是師母都會趁師傅教功夫時煲好一鍋粥及準備好炒粉麵，給各徒弟在練功完畢後食用。「食夜粥」一詞就此衍生出來。

食飽未？食飽就埋單走人。

一九四一年太平洋戰爭爆發，香港政府為了增加收入備戰，向食肆加收百分之五的「飲食稅」。在此之前，食客離枱，伙計會以「叫數」方式收款。一旦徵稅，食肆便要採取記賬制度，顧客拿了單據到櫃面結賬，並納稅款，稱為「埋單」。食肆集中單據，以待稅務人員查核。日治時期和戰後初期，仍須納飲食稅，後期取消了飲食稅，但「埋單」之語就此保留下來。

041

打斧頭——剋扣菜銀。

da² fu² teu⁴

今日啲餸咁差，個伙頭又試打斧頭。

伙頭即廚師，廚師剋扣菜錢，稱為「打斧頭」，此語源出《說唐全傳》。程咬金武功出眾，專使三十六度板斧，廣州話說「打」，即是使用之意，程咬金便是打斧頭之人；而「咬金」有吞咬金錢之意，故以「打斧頭」比作將買菜的金錢吞去。

042

忽 fɐt[1] 必 bit[1] 烈 lit[6]——吞金滅餸。

呢個伙頭真離譜，餐餐都唔夠餸，重狼過忽必烈。

忽必烈，蒙古人，一二六〇年為大蒙古國皇帝（大汗），消滅金朝。一二七一年將國號由「大蒙古國」改為「大元」，忽必烈成為元朝首任皇帝，稱元世祖。一二七六年，元軍攻入臨安，南宋滅亡，元朝成為全國政權。一二七九年，南宋海上流亡政權殘餘的最後一支抵抗力量被消滅，元朝統一全國。由於忽必烈吞併金國，滅了宋朝，因此產生了「吞金滅宋」這句俗語。辦伙食的，將買菜（餸）錢吞沒而少了餸菜供應，就稱為「吞金滅餸（宋）」。

043

新澤西 sɐn1 dzɐk6 sɐi1——食水深入唔到口。

今餐啲餸無厘味道，又細碟，個伙頭真係新澤西。

一九五三年八月二十日，美國第七艦隊一艘主力艦「新澤西」號到港，該艦司令卡拉克中將宣佈，由於該艦排水量達四萬五千噸，食水太深，未能進入鯉魚門，只能停泊於將軍澳海面，但歡迎市民前往參觀。八月二十四日起一連三天油蔴地小輪公司派出小輪載客前往參觀，但不能登艦，每日三班，收費一元。一時碼頭大排長龍，等候接駁小輪。由於人太多，有關方面公佈，市民可以自備交通工具來往該艦。結果私家遊艇、電船仔、木船，甚至舢舨等傾巢而出，爭相觀艦，甚至有人打架，有人跌落水，混亂非常。直至「新澤西」號開走，才回復平靜。後此事留下了一句口頭禪，泛稱廚師剋扣買菜錢者為「新澤西」，即食水深，入唔到口；現也引申為謀取暴利。

044 混吉[wen6 get1]——得個講字，全無誠意。

講好價又唔買，混吉咩！

昔日小型飯店每天出售的雞鴨肉類，會先用一鍋沸水弄熟，這鍋沸水有點肉味，加上一點味精，就是一味清湯，凡顧客光臨，即免費奉送一碗清湯，但因為只有清水，沒有肉，空空如也。空不好聽，於是改為叫吉，這碗清湯就叫吉水。一些窮得沒飯吃之人，走進飯店坐下，伙記奉上吉水一碗，他立即一飲而盡，跟着離去。對這些混一碗吉水填肚之行為，伙記稱之為「混吉」，即無幫襯。

045

紮炮 dzɐt[3] pau[3]——沒錢開飯。

今日冇錢開飯，又要紮炮。

香港人早期穿唐裝，褲子要用褲頭帶綁紮。褲頭帶通常用布或縐紗製成，亦有窮等人家用繩或水草替代。當時香港開設許多炮仗廠，炮仗的製作過程是先用土紙捲成一個炮仗空殼，然後將這些空殼逐個豎起，排成六角形，再用繩圍着六邊形的炮仗殼，紮成一「餅」，稱為「紮炮」。紮好炮後，用一條長針形的工具，逐一將炮仗殼內邊的底部封密，稱為「鑿炮」。最後在炮仗廠灌入火藥和插引，再將炮仗口封密，便成為炮仗。

炮仗空殼需要紮成六角形為一餅，但內部並沒有火藥，空空如也。人若沒錢開飯，亦要將褲頭帶紮緊，肚子卻如炮仗殼空空如也，故名為「紮炮」。

046

鱔稿 sin5 gou2 ——廣告文章。

想貨如輪轉，不如喺報紙登篇鱔稿，等多啲人知喇。

報章所刊登的宣傳稿或賣人情的捧場文章，通稱「鱔稿」。「鱔稿」起源於上世紀三十年代的香港。當時有家南園酒家，酒家的陳司理與新聞界熟稔，報人到酒家進膳，不論人數，一律免茶。一位報界前輩俞先生是南園常客，陳司理凡有宣傳文章，都請俞先生一手代辦。三十年代的酒家菜式並不多，沒有海鮮供應，南園酒家卻有一道名菜炆大鱔，由專人往大良採購，每條二三十斤。當時未有冰箱，宰了大鱔，必須在兩三天內售出。大鱔賣不出，便血本無歸。於是陳司理在門外用紅紙大書「本酒家將於某月某日生劏大鱔」，俞先生亦擬就宣傳稿送各報館，請各報館免費刊登，宣傳稿標題通常是「南園酒家又劏大鱔」。久而久之，這些宣傳稿便被稱為「鱔稿」。

047

認頭 jiŋ6 tɐu4——名花有主。

呢件好嘢我認咗頭，唔好同我爭。

頭指花鱔頭，當時南園酒家經常會宰大鱔，花鱔頭有療效，以藥材燉鱔頭，能去頭風，功效甚佳，所以有人爭購。鱔頭價高，要宰鱔，必須先有人認購鱔頭，方有利可圖，「認頭」一詞亦由此而來。

食晏未？一齊喇！

《淮南子》有謂「日至於桑野是謂晏食」，因此午飯稱為「食晏」。另若由「食晏」引申，將白飯稱為「晏」，亦可能與此有關，大碗的叫「大晏」，小碗的叫「細晏」。《淮南子》又名《淮南鴻烈》，是西漢宗室劉安招攬賓客，在他主持下編著的。全書內容龐雜，將道、陰陽、墨、法和部分的儒家思想糅合起來。

049

一賣開二 jɐt1 mai6 hɔi1 ji6 —— 一分爲二。

唔好爭，將呢件嘢一賣開二，一人一半。

一賣開二源出於酒樓術語。酒席的「單尾」（最後一道菜），炒飯或伊麵，通常稱為「一賣」，供一桌十二人享用。午市的炒飯伊麵，則分量與價錢減半，稱為「半賣」。移用到日常生活，如將一間舖位分租一半給人，就以「一賣開二」形容，相當於一分為二，或一物二用之意。

050

郇 sœn1——筍，正貨。

呢個郇盤，好嘢嚟。

「郇」出自唐人韋陟。韋陟字殷卿，京兆萬年（今西安）人，唐中宗宰相韋安石之子，十歲時授職溫王府東閣祭酒、朝散大夫。開元年間襲郇國公，官至吏部尚書。韋陟窮奢極欲，嗜吃，其家廚有「郇公廚」的美號。人稱「人慾不飯筋骨舒，夤緣須入郇公廚。」相傳葫蘆雞與獅子頭此兩道名菜皆出自韋家的郇公廚。「郇公廚」成為美味食物的形容詞，故此有「郇嘢」之說；但郇字比較僻，一般人不懂此字，於是寫了別字「筍」，取其同音，郇國之公便被遺忘了。

051

爆 bau3 棚 paŋ4 —— 滿座。

呢場甲組波真好睇，全場爆棚，行遲啲都買唔到飛。

往日鄉下做大戲是臨時蓋戲棚的，觀眾多，擠得戲棚水泄不通，猶如快擠爆戲棚，現在「爆棚」用以借喻滿座、容納不下。

052

棚尾拉箱——溜走。

pɐŋ[4] mei[5] lai[1] sœŋ[1]

呢套戲冇人睇，唔收得，收埋啲票錢都唔夠俾燈油火蠟，一於棚尾拉箱，靜靜雞走人。

昔日戲班在戲棚演大戲，如果不賣座，沒有觀眾，或者戲班濫竽充數，質素差劣，班主為怕主辦者算賬，導致入不敷支，索性從戲棚後面即棚尾，拉着裝戲服的箱子溜之大吉。

053

頂櫳 diŋ2 luŋ4 ——最多；頂峰。

呢部電視都唔係最新款嗰種，價錢唔會好貴，頂櫳值三四千。

昔日中式建築物的正門，除了一道大門之外，通常還有一道趟櫳。趟櫳和扇門不一樣，有一個門框，由門頂至門底，每隔一定距離橫裝一條手臂般粗的圓木。打開大門，關上趟櫳，室內空氣可以流通，兼能防盜，是以一般住宅和戲院大門都會裝上趟櫳。每當做大戲，一到主角唱主題曲，觀眾便會蜂擁而至，擠入戲院。直至不能再擠進去，院方關上趟櫳，不再放人入內。已進入戲院內的觀眾不用再往前擠，終可退後，頂着趟櫳。此情景就是「頂櫳」。

054 死仔包 sei[2] dzɐi[2] bau[1]——頑劣孩童。

死仔包，成日掛住打機，讀書又唔見你咁勤力。

以前漁村處理夭折的兒童，都只用布把童屍包好，放置到一些荒島上。罵人做「死仔包」，即是咒罵他夭折，而且無葬身地。昔日屯門的老鼠洲、西貢的鐵礎洲和港島南的火藥洲，都曾經發現相關遺蹟。現今老鼠洲已填平，成為今天的三聖邨。

055 電燈杉掛老鼠箱

din6 dəŋ1 tsam3 gwa3 lou5 sy2 sœŋ1

——高矮懸殊。

高佬陳咁高，佢女朋友又咁矮，企埋一齊，真係電燈杉掛老鼠箱。

一八九四年香港發生鼠疫，病毒是由老鼠身上的虱子傳到人身上的。衛生部門呼籲市民，合力將死老鼠放進內有消毒藥水的密封鐵箱之內，以抑止病菌蔓延。衛生部門把老鼠箱掛在每條街道的其中幾條燈柱上，方便市民一旦發現死老鼠即將牠們放進箱內，再待市政署的工作人員前來收集和清理。初期街燈的燈柱是用木杉製造，故稱之為「電燈杉」。由於電燈杉極高，但老鼠箱很矮細，掛在一起成了強烈對比。「電燈杉掛老鼠箱」，通常是形容情侶高矮懸殊的特徵。

056

六國大封相

luk[6] gwɔk[3] dai[6] fuŋ[1] sœŋ[3]

——瘋狂地殺戮，或兇殘的暴力血案。

有人當街開槍，死傷無數，又一幕六國大封相。

粵劇戲班在每一台戲公演前，照例先上演一場排場戲——「六國大封相」。「六國大封相」出場人數最多，全個戲班上下幾十人都有份演出，並且從角色崗位中可得知某人的身份職位。劇情描述戰國時候，鬼谷子學生蘇秦到六國遊説合縱之計，目的是破壞張儀連橫之計，保護、聯合六國不被強秦所侵。蘇秦口才了得，受六國諸侯聘為六國國相，佩六國相印，風光一時無兩。

一九五一年，灣仔駱克道一個姓朱的租客因長期失業，遭人白眼，他常言：「總有一日做齣『六國大封相』你哋睇！」十一月五日，他狂性大發，操刀殺人燒屋，引致三死三傷，成為當時大新聞，不料他所説的「六國大封相」竟是發狂斬人！這件慘案令「六國大封相」成了血腥暴力事件的代名詞。

057 洗太平地——一乾二淨、清袋。

sɐi2 tai3 piŋ4 dei6

今日輸光輸淨，又試洗太平地。

十九世紀末，香港發生鼠疫。鼠疫又名「黑死病」，是高度的傳染病，歐洲曾因此病死了三分之一人口。這種病來自老鼠屍體，由鼠蝨帶菌傳至人體，輾轉再傳，為害甚大。當時的衛生條例強制消毒及清洗街道、房屋，未發病的區域亦要清洗。到了指定的一個晴天，政府在街中準備一個大水缸，裡面裝滿白色消毒藥水，居民要將家中所有傢俬木器放進去浸，曬乾後才拿回家中。居民叫這種行動為「洗太平地」，使到人人太平。後來，掃蕩罪惡、清理黃賭毒，都稱為「洗太平地」，後來又再引申為「一乾二淨」。

058 踎墩 mɐu1 dɐn2 —— 失業。

大食會？唔好預我，踎緊墩呀。

世紀初，香港有大量從事苦力的勞工，每日清晨到中上環一帶海旁碼頭等候僱主招聘開工。那些苦力等得久了，便會蹲下來休息，俗稱「踎」。墩頭是用來縛船纜的矮柱，他們會「踎」在碼頭的墩頭上，位置較高，容易讓工頭看見。這樣蹲在墩頭上待聘，即謂「踎墩」。

老闆話兩句，都要忍，鬼叫你受人二分四咩。

此句話要從晚清說起，當時從西方流入白銀，鑄造成銀圓硬幣。銀圓攜帶便利，每枚成色、重量穩定，不似銀兩需要鎔鑄裁割，較為方便。當時一元銀圓重七錢二，即民間以七錢二白銀兌換一個銀圓。一毫則是其十分一，即重七分二釐，因此五仙就是三分六。二分四就是三仙三，是當時打工仔一天的工資，故後來用這話比喻「受僱於人」。

060 炒魷魚——被僱主辭退。

tsau[2] jɐu[4] jy[4]

先幾日被老闆炒魷魚，今日要去搵工，唔得閒同你去玩。

昔日打工，僱主會包食包住，打工仔要自備被鋪。在老板店中住宿，晚間睡覺時才展開被鋪。魷魚在鑊中受熱便會捲起來，好像捲起鋪蓋。故此，炒魷魚是含蓄一點的暗喻，表示打工仔被辭退了，要收拾包袱和捲鋪蓋離開。

再嚟一碟豉椒炒魷！

061

敲竹桿——敲詐。

hau1 dzuk1 gɔn1

明知要趕貨，就要加雙倍補水，乘機敲竹桿。

昔日未發明汽車，交通工具只靠人力車及竹轎。遊人登山，會乘竹轎，中途轎夫停下來休息，不斷以手敲打抬竹轎的竹桿，暗示遊人加些工錢，否則不再抬，故此後來引申成敲詐。

定過抬油——穩操勝券，一定成功。

diŋ6 gwɔ3 tɔi4 jɐu4

呢件事絕對有把握，定過抬油。

從前香港有不少出售花生油的油莊，油莊內設有油槽，自搾生油。搾生油的方法是將炒過的花生放在油槽內，利用人力用木楔逼壓花生，令到花生的油脂溢出，從油槽流至出口處，再用木桶將流出的花生油裝載起來。每桶生油淨重十五斤，一對木桶即三十斤。油行將生油批發給零售商，便由油行伙記將兩桶生油抬往零售商處。負責抬生油的伙記必須受過訓練，因為抬油不同抬水，抬水的時候如果身體搖動，桶內的水溢出流在地上，是無關重要的，但如果抬油好像抬水那樣，生油溢到地上，損失就大了。因此抬油伙記抬油時，身體要夠平穩，步履要夠堅定。「定過抬油」一表示一切像抬油時般穩定，一滴也不會漏走，有成功之意。

063 得個吉——毫無收穫。

得 dɐk[1] 個 gɔ[3] 吉 gɐt[1]

排咗成日隊，諗住可買到平嘢，點知輪到我就賣清光，真係得個吉。

傳說廣州楊巷有間名為「章九同」的綢緞莊，老闆為了推銷產品，在門前設抽獎箱，凡在店內購買了綢緞的顧客，可以有一次抽獎機會，但大部分人抽出的獎券上只有一個「吉」字，並無獎可領。你得個「吉」，我得個「吉」，無人得獎，「得個吉」就成為無收穫之意。

064 落手打三更——一開始就錯。

lɔk[6] sɐu[2] da[2] sam[1] gɐŋ[1]

一早起身準備行山，點知傾盆大雨，真係落手打三更。

打更除了報時之外，還有巡邏作用。打更人由初更起，即下午八時至十時，開始打更，此為一更，之後每隔兩小時打一次更，三更則是十二時至凌晨二時。打更人若一開工即落手打三更，當然是一開始就錯。時至今日，亦有人寫為「落筆打三更」。

入咗一球就打拉布，喺度拖延時間。

「拉布」一語出於本地足球。足球賽中，其中一方領先，想控球在腳以保持勝果，就不思進攻，只把球在中場傳來傳去，極力拖延時間，廣州或香港球圈中人稱之為「拉布」，如同紗廠曬場上工人的工作模樣。早年香港紗廠林立，布匹在染房染好後，要拿上曬場拉直掛晾曬乾。工人要把布匹拉直來晾曬，拉來拉去，太陽猛烈加上風大，根本不必掛晾，布匹已拉乾了。「拉布」就是把對手的體力和時間拉乾消耗，慢慢由足球賽之術語變成俗語。

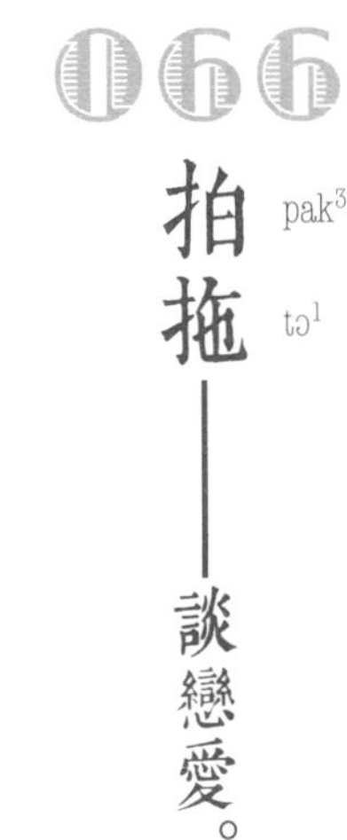

066 拍拖 pak3 tɔ1 ——談戀愛。

阿強同阿嬌拍緊拖，兩個人都幾登對吖！

昔日珠江三角洲一帶以渡輪為交通工具，由於河道不夠深，不能讓大輪船行駛，只能以汽艇拖動平底木船，這種載客或載貨的木船，叫做「拖渡」。汽艇和拖渡之間由一條纜繩連繫，故稱「拖」。抵達目的地碼頭時，要將長纜解開，把拖渡停泊在汽艇旁邊，再用纜繩扣緊，然後一起停泊碼頭，這叫「拍」。汽艇和拖渡時遠時近的關係，稱為「拍拖」。青年男女相約外出，早期較含蓄，一個先行，一個跟在後面，情形如「拖」；

後來漸漸地親密起來，會互相拖手，跟渡船與汽艇泊碼頭時的「拍」相似，故稱戀愛為「拍拖」。

067 照田雞 dziu3 tin4 gei1——算命。

尋晚走去廟街照田雞，睇相佬話我唔死有一百歲。

在街頭為人看相算命的人稱為「睇相佬」，通常只會在夜晚開檔。當有客人光顧，便會提起火水燈照着客人的臉及手，此時客人不能亂動，以便睇相佬看得清楚其面相或手相。此種情形有如鄉間晚上捕捉田雞，一見到田雞便用燈照着，田雞便會不動，任人捉拿，故稱看相為「照田雞」。到今天有另一借喻，男女在幽暗處偷情，有好事之徒故意用電筒照射，令對方好生尷尬，後引申為揭破姦情。

市橋蠟燭——假細心。

si[5] kiu[4] lap[6] dzuk[1]

佢平日大聲大氣，見到女仔就陰聲細氣，其實係市橋蠟燭，假細心。

蠟燭以芯細為佳，因為芯細則蠟多，可以燃點的時間更長。相傳以前廣州市橋製造的蠟燭，露出蠟燭頂端部分的燭芯做得很細，蠟燭內的棉芯卻很粗，可以減少蠟油，此之為「假細心」。

新絲蘿蔔皮——不配身份。

sɐn[1] si[1] lɔ[4] bak[6] pei[4]

你乜嘢新絲蘿蔔皮，同我個女拍拖？

有錢人家愛穿皮草，此乃身份象徵，貴重的有貂、狐等珍稀獸皮，保暖又添聲價，雍容華麗。皮草中有一種老羊皮，毛長色白，形如切得很細的「蘿蔔絲」，因稱其為「新絲蘿蔔皮」。這種皮草雖然保暖，但未能與貂、狐等皮草相比。社會地位不高的暴發戶學人家穿這種皮草充撐場面，被嗤之以鼻：「乜嘢新絲蘿蔔皮呀？」

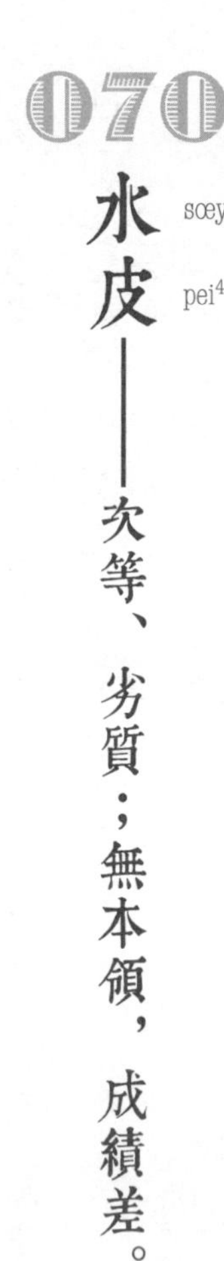

乜你咁水皮，俾人連入三球。

苴，音蛆，麻也。苴皮，是古人用作履（鞋）中的墊草，苴服是指粗衣。因此，苴便被引申為糟粕、渣滓、賤物的意思。苴貨、苴皮成為差勁東西的代名詞，苴皮更是差中之差。在粵音中，苴皮被唸成「水皮」。故此「水皮」便有下等、次等之意了。

071 打爛沙盆問到篤——尋根究底。

da[2] lan[6] sa[1] pun[4] mɐn[6] dou[3] duk[1]

乜得你咁長氣，樣樣都打爛沙盆問到篤。

這句說話真正的寫法是「打爛沙盆璺到篤」。「問」應該是「璺」，讀音作「問」，是器皿裂而未破離，即是陶瓷、玻璃等器具上的裂痕。以前家中磨芝麻、花生等細粒豆類時，會用沙盆。通常沙盆被打破不會立即裂開，只會出現絲絲的裂痕，就是「璺」。「璺」會一直到達底部，底部即「篤」，又有盡頭的意思，「璺」跟「問」同音，後來一般將「璺」寫作「問」，「璺到篤」即「問到篤」，引申尋根究底的意思。

戥穿石——伴郎、兄弟。

dɐŋ2 tsyn1 sɛk6

個新郎好彩有班戥穿石擋酒，唔係今晚實不醉無歸。

戥穿石其實是「戥豬石」。昔日農村販豬需運到墟場出售，假如用扁擔挑，一邊是肥豬，另一邊必須找一塊同等重量的石頭來作平衡，就是「戥」。用獨輪車運，一邊是豬，另一邊也需要平衡石。這石頭叫「戥豬石」，豬賣完，當然不會運回那塊石。一如伴郎，婚禮完畢便收工。粵語中的「戥」字又有陪伴的意思，借此作喻，可是久而久之不知何故，「豬」音轉為「穿」了。

073 簷前獅子——惡到壘。

jim⁴ tsin⁴ si¹ dzi²

此人恃勢凌人，不留餘地，正式係簷前獅子。

中式建築屋頂在垂脊盡處立有一對獅子，以辟邪消災，這種獨角獅造型是根據佛山民間傳說而來的。據說明代初年佛山出現一怪獸，頭大如斗，頂上長角，眼睛發光，張口如盆，不斷發出「嗹嗹」的吼聲，竄入農家吞吃禽畜，毀壞農田，給村民帶來嚴重災害。為了制服這頭怪獸，鄉紳到處貼榜求賢。後來有人想出「以怪治怪」的辦法，請當地紮作匠人用竹篾編紮成形象十分凶猛的獨角獅——頭生獨角、兩眼暴突、寬耳闊鼻，張着血盆大口，身繪多彩斑紋。當怪獸出現時，村民敲鑼打鼓，燃放鞭炮，舞動獨角獅朝怪獸衝去，果然把怪獸嚇跑。由此，獨角獸便在民間廣為流傳，每逢喜慶佳節，人們便舞獅慶賀，祈望辟邪消災，國泰民安。將獨角獅裝飾在屋頂垂脊前端上，有辟邪保平安的寓意。獅子是猛獸，猛就是惡，壆是盡頭處，再前一步就會跌下，所以簷前獅子隱藏惡到盡之意。

呢條友一收工就唔見人，梗係狗上瓦坑。

傳統中式屋宇是金字頂，上面鋪有瓦筒和瓦片，兩條瓦筒之間形成一條瓦坑。瓦坑在屋頂，高高在上，而狗是不會攀高，若牠能夠走到屋頂的瓦坑，一定是有條路才能走上去，即「有辦法」。現今也用以形容男女之間有曖昧關係。

075

唔好做架梁——沒有實力，不要插手。

ŋ4 hou2 dzou6 ga3 lœŋ4

人地嗌交，你唔好埋去勸交，做架梁。

架梁是中式建築中的重要組件，它是位於屋頂脊檩下面的橫梁，通過各式木構件，把屋頂的主梁、桁條，以不同長度的橫梁架起，再以立柱傳到地基，廣東人稱為「架梁」，以承托整個屋頂重量。如果沒有一定的承擔力，就不能負起重托，那就別做「架梁」了。

燒壞瓦——唔入叠、不合群。

siu1 wai6 ŋa5

呢個人成日同人拗頸，無人同佢啱，正一燒壞瓦。

中式屋頂是用瓦片鋪設，瓦是放在屋頂的一種構件，造成弧形，形成瓦坑，方便一件一件鋪放時能夠疊起。燒壞了的瓦片弧度變形，不能與正常的瓦片疊放在一起，就是「唔入叠」。用「燒壞瓦」來形容某人，即是說此人不能與人相處，不合群。

屎坑三姑——易請難送。

si[2] haŋ[1] sam[1] gu[1]

呢個人坐咗成日，都唔肯走，真係屎坑三姑！

屎坑三姑是傳說中的廁神，也即是紫姑神，習俗正月十五是迎紫姑神的日子。紫姑相傳是一戶富有人家的妾侍，被大婦所嫉忌，常要她做污穢之事。一天正當正月十五，紫姑在廁中感傷激動而死，世人就以紫姑為廁神，成為迎神的對象。蘇軾《東坡集・人物集記・仙姑問答》裏，稱紫姑為「三姑」。據聞三姑生性調皮，人們焚香請神時很容易請來三姑，但到送神的時候，三姑卻不願走，要人們答應許多回報才肯離開，真箇易請難送。

菠蘿雞——靠黐。

bɔ1 lɔ4 gɐi1

呢條友餐餐食飯都唔夾錢，成日做菠蘿雞，今次唔好預佢。

廣州有一廟名菠蘿廟，廟前就是廟會的地方，每逢神誕，各處村民乘人流多，便來此販貨，其中有賣「紙雞」，以作吉祥物。紙雞用漿糊黏貼竹枝、草紙、雞毛而成，手工甚好，人們無以名之，因借廟名謂「菠蘿雞」。由於菠蘿雞是靠黏貼製成，粵語稱黏貼謂「黐」，久而久之成歇後語，諷刺喜佔便宜的人。

上文所提及的菠蘿廟即南海神廟。傳説蕭梁普通年間（五二〇——五二七年），有一個叫達奚的人，是天竺（今印度）高僧達摩的季弟，跟隨達摩由天竺經海上絲綢之路來中國。達奚來到廣州南海神廟，進廟拜謁南海神。南海神祝融見達奚是天竺高僧之弟，本人又有神通，極力挽留他在廟中協助管理南海。達奚深悉南海神的誠意，就留在廟中。他盡忠職守，天天到海邊瞭望船隻，管理海上風雲，後立化於海邊。人們為紀念他，塑像立於廟左東側，這廟亦改叫「菠蘿廟」。

另一個傳説，唐朝時，古菠蘿國（一説摩揭陀國）有來華朝貢的海員，回程時經廣州到南海神廟謁神，並將從國內帶來的兩顆菠蘿種子植於廟中。他因迷戀廟中秀麗景色，流連忘返，誤了返程的海船，於是望江悲泣，並舉左手於額前作望海狀，希望海船回來載他，後立化於海邊。人們認為這位海員是來自海上絲綢之路的友好使者，即將其厚葬，按他生前舉左手於額前望海船歸狀塑像，祀於南海神廟中，並給他穿上中國的衣冠，封為達奚司空、助利侯。由於他是菠蘿國來的人，又在廟中植菠蘿樹，還天天盼菠蘿國船回來載他返國，村民俗稱此塑像為「番鬼望菠蘿」，神廟也因此被稱為「菠蘿廟」。

唔使問佢啦，佢係杉木靈牌，揸唔到主意。

靈牌即是木主，俗稱「神主牌」，人死後，後人替他立木主來供奉。近代粵人的習俗，殯葬時所用的靈牌是用紙紮作，供奉的靈牌有用桑木，也有用栗木刻成。選用栗木，因「栗」與慄相通，表示恭謹之意，所以木主又稱為「栗主」。木主不會用杉木製造，因為杉木是最粗賤的木材。因此，杉木靈牌就是做不了主的意思。

080 升上神枱——有虛名無實權。

siŋ1 sœŋ6 sɐn4 tɔi4

你睇佢好似好風光，其實升咗上神枱好耐，無權無勢。

祠堂神龕上的木主，排列位置是以先人的輩分而定，輩分愈高，排位愈高。並不是所有先人的木主都可以放上神枱供奉，除了輩分之外，還要看他是否曾考有功名或當官，光宗耀祖。因此，能榮升神枱接受供奉，表示其輩分高或曾經有權有勢，但一切已是過去式，如今已無任何影響。

081

唔理三七二十一——不顧後果，一於照做。

ŋ4 lei5 sam1 tsɐt1 ji6 sɐp6 jɐt1

舊叉燒又夠肥，又夠燶，話知佢膽固醇，唔理三七二十一，食咗至算。

常言地獄有十八層，但傳說地獄原來有廿一層，此說法出於《管子·地員》：「三七二十一尺而至於泉。」泉是黃泉的泉，代表最下層地獄。故「三七二十一」引申為最下下、最惡劣的環境，即使淪落到最下下的環境，也在所不計。

水鬼升城隍——非靠實力攀升要位。

sœy^2 gwɐi^2 siŋ^1 siŋ^4 wɔŋ^4

佢舊時散仔一名，而家升咗做管工，個樣咁得軚，真係水鬼升城隍。

城隍，中國民間和道教信奉的守護城池之神。《說文解字》曰：「城，以盛民也」；「隍，城池也。有水曰池，無水曰隍。」古代稱護城的壕溝為塹，有水的城塹為「池」（即護城河），無水的城塹為「隍」。城隍（城隍爺或城隍神）原只是中國神話中守護城池的水庸神，水庸即水溝，他也是兼管陰陽的神祇。後來人們把護城河作為城市的保障，水庸

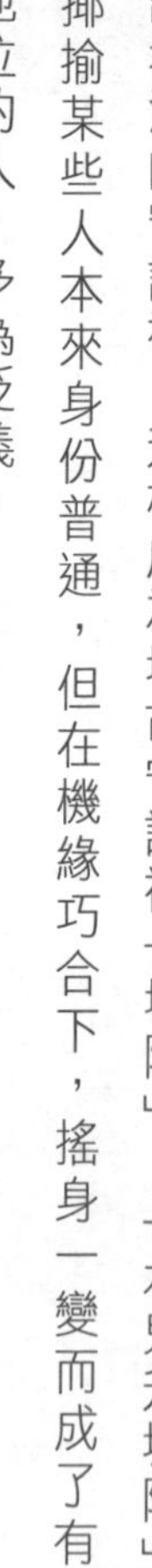

神亦由護城河的守護神，升格成為城市守護神「城隍」。「水鬼升城隍」此語是揶揄某些人本來身份普通，但在機緣巧合下，搖身一變而成了有身份有地位的人，多為貶義。

大頭蝦 dai6 teu4 ha1 —— 做人不務實，沒記性。

你記得提醒佢，佢好大頭蝦。

此語出於《陳白沙集》：「大頭蝦，甘美不足，豐乎外，餒乎中，如人之不務實者。」指大頭蝦頭大沒腦。陳白沙原名陳獻章（一四二八——一五〇〇年），明代思想家、教育家、書法家、詩人，廣東唯一一位從祀孔廟的明代碩儒，主張學貴知疑、獨立思考，提倡較為自由開放的學風，逐漸形成一個獨特學派，史稱「江門學派」。因為他是廣東新會江門白沙村人，人稱「白沙先生」，其著作被匯編為《陳白沙集》。

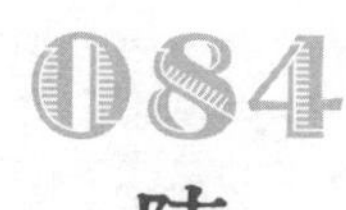

陳白沙駛牛——請𧊅，請人離開。

tsɐn[4] bak[6] sa[1] sɐi[2] ŋɐu[4]

坐咗成日都唔肯走，依家餐廳夠鐘關門，一於陳白沙駛牛。

陳白沙為明朝新會文人，一代文學家，以禮待人。幼時家貧，幫人放牛時，抽空讀書。接近黃昏，牛隻要歸家，陳白沙會對臥在地上的牛隻說話，請牠們起身。粵語中「𧊅」即起身，「陳白沙駛牛——請𧊅」，即請人離開之意。

085

黃腳雞 wɔŋ4 gœk3 gɐi1 ——跌入桃色陷阱被人勒索。

成日走去滾，因住俾人捉黃腳雞。

昔日農村多養母雞作生雞蛋之用，生雞（雞公）只用來交配，故少養生雞。遇上慶典要用生雞拜神，但一大群雞要如何分辨？雞農於是用「引誘法」，在一群雞中撒米，生雞多不去

搶米，而選擇與母雞交配；另一方面，生雞的腳呈深黃色，有別於母雞及閹雞，故農夫專挑黃腳的下手，那便可手到擒拿，萬無一失。後來，捉黃腳雞被用來暗喻桃色陷阱。

086

死牛一便頸——固執、不肯改變。

sei[2] ŋɐu[4] jɐt[1] bin[6] gɛŋ[2]

勸極佢都唔聽，正一死牛一便頸。

牛隻是龐然大物，死了倒卧地上，牛頭和頸項倒在一邊，難以把它轉向另一面。

水過鴨背——沒記性。

sœy^{2} gwɔ^{3} ap^{3} bui^{3}

溫習功課求求祈祈，水過鴨背，考試梗係唔合格喇。

鴨毛是不沾水的，水過鴨背時就不會留下一點痕跡。對於所見所聞所讀，過後卻全無印象，沒記性如此，猶如水過鴨背。

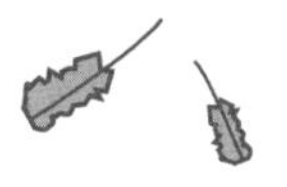

088

一五一十——和盤托出。

jɐt1 ŋ5 jɐt1 sɐp6

你今日冇返學，去咗邊度，快啲一五一十講出嚟。

此語源出於以前鴨蛋街的蛋店工人數蛋的方式，他們左手一抓五隻，右手一抓又是五隻，一面數，一面唸唸有詞：「一個五、兩個十、三個十五、四個二十……」如此一直數下去，清清楚楚，絕少出錯。後來人們把「和盤托出」說成「一五一十，講晒出嚟。」

起碼 hei2 ma5 ——最低限度。

呢件古董，起碼值百零二百萬。

碼是指「砝碼」，是一種秤算重量的用具。昔日用以量重的是天平或磅，一個天平或磅有多個不同重量的砝碼，首先將貨物放上天平或磅的一端，然後在另一端放上相等重量的砝碼，就可秤算出貨物的重量。每一個天平或磅都有一個最小最輕的砝碼，這就是「起碼」。

一擔擔——不相伯仲。

jɐt[1] dam[3] dam[1]

你兩兄弟一個蛇王，一個唔肯做，兩個一擔擔。

昔日以肩膊挑重物，用一條扁擔將貨物分在兩端挑起，因此兩頭的貨物要一樣重。後來形容兩個人的表現相當，謂之「一擔擔」。

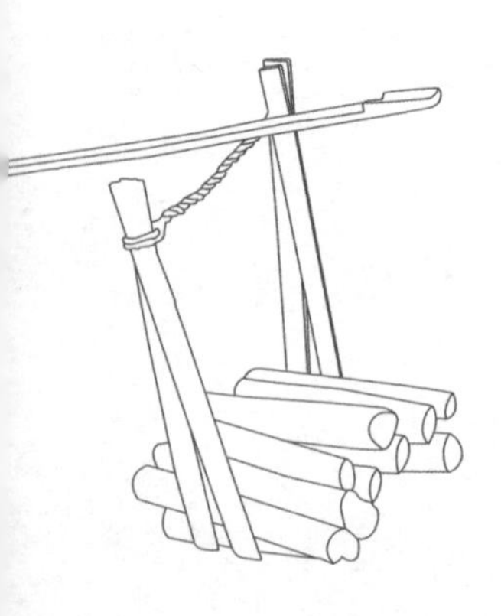

091 五十斤柴——一樂也。

$ŋ^5$ $sɐp^6$ $gɐn^1$ $tsai^4$

你就好喇，仔大女大，真係五十斤柴一樂也。

昔日香港人所用之燃料通常是木柴，這些木柴出售時以斤為單位，一百斤為一擔，把木柴放進一個以竹造成的「U」形柴絡，每個柴絡可放五十斤，一頭一絡，中間用扁擔挑起來，就合共一百斤了。五十斤柴，就是一「樂（絡）」也。

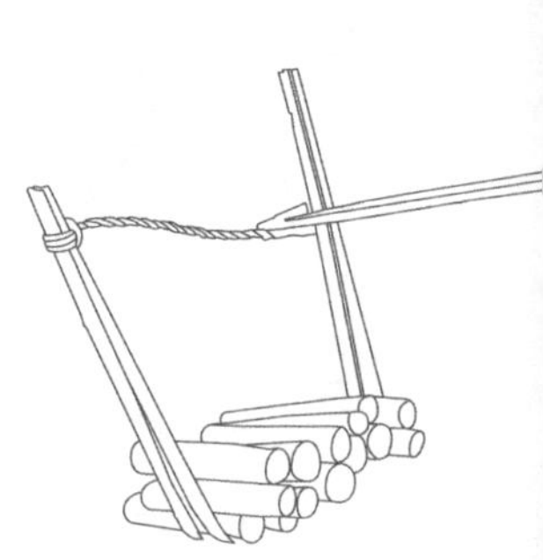

再犯錯就燉你冬菇，等你冇得撈。

早年香港華籍警員的警帽像一隻冬菇，是沿用清朝軍帽的款式。帽用竹片編織而成，俗稱「竹節帽」。警員分軍裝及便衣兩種，軍裝需穿制服，便衣則不用穿。由軍裝調至便衣被視為一種「升調」，意味着做得出色，得到上司賞識。但當便衣警察犯錯，便被「下調」再任軍裝，又要戴上那頂形似冬菇的警帽，俗稱「燉冬菇」。這裏的「燉」不能解作「煮」，而是「燉」與「褪」音近，暗含倒退之意。此俗語先在警界流行，後變成社會上常用的俗語。

093

砌生豬肉 tsɐi3 saŋ1 dzy1 juk6 ——誣告。

今次唔關我事，唔好砌我生豬肉！

昔日鄉中春、秋二祭都有分豬肉的習俗，拜太公當日，鮮豬肉會分割成一份份，重量均等，放在桌上，然後唱名，分配給合資格的鄉民，但不得選擇，此為太公分豬肉，人人有份。警局有疑犯在落案時，有些執法者會將一些未能偵破的案件，一份份的放在桌上鋪砌好，然後要疑犯承認是他們所犯下，不得選擇，不能推卸，猶如太公分豬肉，此為「砌生豬肉」。

094 正斗——正貨。

tsɛŋ³ dɐu²

呢件嘢咁正斗、一定好貴。

昔日農民向官府或地主交付稅金或地租，均以穀物交納，而且以斗計算。農民向地主租一塊田地開耕，會訂明每年要交穀多少斗作為租金。如向地主借穀以維生計，亦以斗計算。到了年終收成，農民便以穀還債或交租。一些貪婪之輩用加大了的斗來收穀，欺詐鄉民。後來鄉民告到官府，官府才訂出一個標準的斗桶來作計算，這就是「正斗」。

另一說「正斗」一語出自黑社會。黑社會進行入會儀式時，以一個木斗作為關城的代替品，上插五色旗，並置各種物品。每個黑社會都有一個正統的斗，代代相傳，稱為「正斗」。想做黑幫首領但傳不到正斗的，便自立門戶，自設一斗，但此斗並非正斗。

095 架步 ga[3] bou[6]——集會地點。

今晚去我屋企打機，我呢個架步包冇人騷擾。

架步一詞可能和三合會有關。三合會是秘密組織，在清代以反清復明作號召，開會地點都是秘密，只在附近擺設若干架式，作為引路暗號。這些架式多利用路邊石頭來擺設，進入這些石頭架式的人，必須按照三合會規定的步法來走石頭陣。凡會內人物都懂得依照架式步法來走，自然可以到達集會地點。若不按照步法的便是外人，須加以防範。

096

二五仔——告密者。

ji⁶ ŋ⁵ dzɐi²

唔好同佢講咁多嘢，因佢係二五仔。

清朝康、雍年間，朝廷要徹底消滅反清復明的秘密會社，查得少林寺與天地會有千絲萬縷的關係，於是派兵前往剿滅，並收買了少林寺內武功排名第七的俗家弟子馬寧兒。姓馬的窮兇極惡，犯下大罪，被逐出山門，含恨引清兵入山，火燒少林寺。秘密會社中人不恥其所為，日後便稱那些告密者、叛徒為「二五仔」，即排行第七的馬寧兒。

等我篤個
二五仔出嚟！

097 三山五嶽——江湖人物。

sam1 san1 ŋ5 ŋɔk6

唔好望過啯邊，成班三山五嶽，因住惹禍上身。

「三山」指傳説中的三個海上神山：方丈、蓬萊、瀛洲。五嶽分別是：東嶽泰山、西嶽華山、南嶽衡山、北嶽恒山、中嶽嵩山。「三山五嶽」泛指名山、群山、各地，即表示這班人來自各方，是江湖人物絕非善類。

擇使 dzak[6] sɐi[2]——麻煩，傷腦筋。

老婆成日同阿媽嗌交，手心係肉，手背又係肉，都唔知幫邊個好，真係擇使。

清末民初，中國各地方政府和銀號均自鑄銀幣，按規定七錢二兑足，但各地所做銀幣重量不一，銀質不一，滲和銅質或鉛質者大行其道，偷工減料，質量並無保證。交易者會用肉眼把銀元揀擇，揀出來的假銀元叫擇使銀。這個工序要由有經驗的人來進行，如果揀選出錯，就會有損失，十分麻煩。

099 使銅銀夾大聲——死不認錯。

sɐi² tuŋ⁴ ŋɐn⁴ gap³ dai⁶ sɛŋ¹

明明係你做錯，你唔認不特止，重將責任推俾人，真係使銅銀夾大聲。

用肉眼揀擇銀元可能會出錯，於是出現了一種吹銀元的檢查方法，以拇指和食指兩指指甲尖掐住銀圓中心，用力猛吹，能聽到輕微韻音的是真銀圓，反之即含銅量高，其聲音或尖高，或尖銳短促，或鈍音或低啞。此所謂「使銅銀夾大聲」。

100 大耳窿 dai6 ji5 luŋ1 ——放高利貸者。

又要供車，又要供樓，周轉不靈，想唔搵大耳窿都幾難。

香港開埠初期，華洋雜處，有錢人多，窮人更多，很多時都要借貸周轉，於是就要向「大耳窿」借錢，以較高的利息償

還。放貴利的多數是「白頭嚤囉」，這些「摩羅差」戴白頭巾，愛戴一隻大如銅元的耳環，所以耳朵有穿耳洞，耳洞即耳窿，有人就稱他們「大耳窿」。另一個說法，當時放高利貸的都是小額款項，如一元幾角。這些人每天都在苦力集中的地方（如碼頭）等候，為使人知道他有錢借，便把一個錢幣塞在耳洞，令人認得。久而久之，就被稱為「大耳窿」。

101

神砂——碎銀。

sen4 sa1

一毫、二毫同五毫子，呢啲神砂唔收，費事存入銀行要另外收費。

神砂即中藥的辰砂，只屬水銀，不是真銀，也不值錢。硬幣也不值錢，因而叫做「神砂」。

102

一蚊 jɐt[1] mɐn[1]——一元。

每件一蚊，要錢唔要貨。

「蚊」是廣東人對一元的慣稱，「蚊」本作「緡」，緡是堅韌之幼繩，其音為「蚊」。古時十錢為一仙，十仙為一毫，十毫為一元。因此一元就有一千個銅錢，其重量十足，非用緡串不可，故一元又稱為一緡錢，此為「一蚊」的來由。

103 一雞 (jɐt1 gɐi1) —— 一元。

每件一雞，有買趁手。

香港人慣稱一元為「一雞士」或「一雞嘢」，其出處與昔日塘西風月有關。當年石塘咀是娼寨林立之地，客人要請某妓寨的紅牌阿姑到酒家飲花酒，要填寫一張「花箋」、「花紙」或「局票」。「花箋」內寫上自己的名號，請某寨某姑娘，來到哪一間酒家相聚。「花箋」由酒家雜役送去妓寨，妓女應邀叫做「出局」，妓寨收取「出局費」一元。省港人士習慣稱妓女為「雞」，故一元出局費便被稱為「一雞」，後來約定俗成，將一元稱為「一雞」。「一雞士」、「一雞嘢」的「士」及「嘢」都是廣府人喜用的「尾字」，加強音調而已；亦有稱為「一蚊雞」。

104

唔服燒埋——不服、不忿。

ŋ[4] fuk[6] siu[1] mai[4]

佢係裁判，判越位就係越位，冇得唔服燒埋。

明清時，大小衙門遇到謀殺、自殺、意外死亡等命案發生，都需要驗屍證明死因，但當時未有專業的法醫官主理，官府只派熟練的仵作負責，仵作多憑經驗判斷。有時，死者親屬認為驗屍報告不符合實情，不服官員的判決，於是將屍首保留，不加焚燒或埋葬，等候再次驗屍，此就是「唔服燒埋」的來由。

105 蘇州過後冇艇搭——機會過後再難逢。

sou[1] dzɐu[1] gwɔ[3] hɐu[6] mou[5] tɛŋ[5] dap[3]

照價六折，最後一天，蘇州過後冇艇搭呀！

「蘇州過後冇艇搭」，此語不知出自何典。有說蘇州位於太湖東邊，太湖湖面寬闊，風平浪靜，有不少遊湖載客小艇。但過了蘇州後，進入長江，河道收窄，水流湍急，小艇危險，只能乘大船，遂有「蘇州過後冇艇搭」這一句，寓意機會過後再難逢。

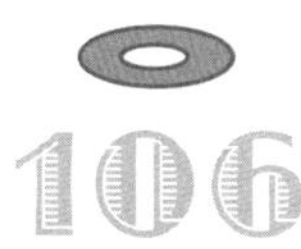

打齋鶴 da2 dzai1 hɔk6——度人升仙。

呢條友正一打齋鶴，不務正業，成日掛住嫖賭吹，唔好近佢咁多。

打齋鶴此典故源於「駕鶴」。據漢劉向《列仙傳・王子喬》載，王子喬從浮丘公學道，三十多年後，有人見其乘白鶴停留在緱氏山的山巔，數日而去。後因以「駕鶴」比喻得道成仙，以「駕鶴西歸」美譽逝者在人世修煉圓滿，了無牽掛地到了西方極樂世界。

「打齋」是為死人做的法事，請道士或僧尼唸咒唸經，超渡亡魂，不用死者在地獄受苦。打齋時會預備一些焚化用的紙紮祭品，其中有白鶴，用意是渡引亡魂登上仙界。那些引誘別人染上不良嗜好的損友，被稱為「打齋鶴」，即「度人升仙」。這個「仙」當然不是神仙，而是講反話，形容墮落的人。

107 肇慶荷包——馱（砣）衰人。

siu[6] hiŋ[3] hɔ[4] bau[1]

你睇你着衫着到男唔似男，女唔似女，行埋我度，真係肇慶荷包，馱衰人。

馱衰，即影響他人，令人產生負面形象。廣東西部肇慶昔日盛產水草，以水草編織的草蓆亦著名。而背挎包稱為「荷包」，亦草編，大而粗疏，背在身上，從後看去，常被誤為乞兒身上的乞食飯袋。馱着它有如乞兒，影響形象。

108

關照 gwan[1] dziu[3] —— 照顧。

今日初到貴境，請多多關照。

關指關牒，《舊唐書．職官志二》：「凡京師諸司，有符、移、關、牒下諸州者，必由於都省以遣之。」關與牒皆舊時公文書名，後以「關牒」指行文通知。昔日要離開原居的關城，進入另一個關城，必須持有官府所發

的關牒，類似今天的護照。此種關牒亦有稱之為關照，如有「關照」，就可獲准進城。

109 陰騭 jɐm[1] dzɐt[1]——默默行善的德行，亦作「陰德」、「陰功」、「陰質」。

打成個仔咁，真係有陰騭囉。

「陰騭」一語出自《書經．洪範》：「惟天陰騭下民，相協厥居。」為默定的意思。後引申為默默行善的德行。

110

上好沉香當爛柴——不識貨，不懂珍惜。

上 sœŋ[6] 好 hou[2] 沉 tsɐm[4] 香 hœŋ[1] 當 dɔŋ[3] 爛 lan[6] 柴 tsai[4]

用個古董碗嚟裝飯食，真係上好沉香當爛柴。

沉香木泛指沉香屬的樹木，亦是一些產生了結香效果之後，而有了沉香味的特定樹木俗稱。

沉香木指的就是這些各類不同樹汁的異化物，有這些異化物的木質部分稱為「沉香木」。以前在香港盛產的牙香樹就是其中一種，其分泌帶有濃郁香味的樹脂被稱為莞香。沉香木是珍貴的香料，被用作燃燒薰香、提取香料，或加入酒中，又或直接雕刻成裝飾品。真正的沉香木可以隨着時間的流逝變得愈來愈香，色澤亦會隨着時間的推移而愈來愈深，油脂線也會愈來愈多。一般平民百姓很難分辨沉香與普通木柴的差別，往往誤將沉香當木柴。

111

塘底突 tɔŋ[4] dɐi[2] dɐt[6] ——冇水就見。

平時人影都唔見隻，一出現就問你借錢，正一塘底突。

「塘底突」是指插在池塘底的木柱，如果池塘有水之時，當然不會見到此木柱，但池塘沒水，木柱就會露出。水通為財（粵人稱金錢為水），塘底突就是有水看不見，沒水就能看見。

112

縮 suk1 沙 sa1——臨陣退縮，走人。

講明一齊去打邊爐，點知佢突然縮沙，人影唔見。

據《本草》記載，有種中草藥名「縮砂蔤」，莖高三、四尺，葉狹長，三、四月開花，果實如穗狀，皮緊厚而皺，黃赤色，外有刺，內有仁，似豆蔻仁，名叫「縮砂仁」，略稱「砂仁」。「縮砂仁」三字太長，有人簡稱為「縮砂」，結果創造了「縮砂——走仁」這句歇後語，以表達「走人」的語意。

113 葳蕤（威水）——衣着華麗，惹人注目。

wei[1] soey[2]

你今日着得咁光鮮，真係威水！

「葳蕤」本是一種草的名稱。《本草綱目》十二「草」：「葳蕤，此草根長多鬚，如冠纓下垂之緌而有威儀，故以名之。」《辭源》訓釋共有三義：紛披貌、鮮麗貌、萎損貌。鮮麗貌形容枝葉繁盛，羽毛裝飾華麗鮮豔的樣子，可形容植物生長茂盛的樣子，也可比喻詞藻華麗。南朝梁江洪《詠薔薇詩》有「當戶種薔薇，枝葉太葳蕤，不搖春已亂，無風花自飛。」之句。葳蕤在中醫藥中也是一種藥材，名為「玉竹」。

114

落膈（隔）——化公爲私，中飽私囊。

lɔk^{6} gak^{3}

俾筆錢佢買材料，點知佢買咗些少返嚟交差算數，其餘嗰啲就落咗膈。

「膈」指人體內的橫膈膜，現代醫學上亦稱腹膜，它把心、肺、胃、脾等分隔開，故稱「膈」。《釋名．釋名體》說：「膈，塞也，隔阻上下，

使氣與穀（已入口之食物）不相亂也。」食物下嚥而不入胃，廣州人稱為「落膈」。因此，化公為私，便形容為「落膈」，膈、格同音，亦可寫作「落格」。

115

受人茶禮——受聘，守信。

sɐu[6] jɐn[4] tsa[4] lɐi[5]

對唔住，已經受咗人茶禮，幫你唔到。

在傳統的華人婚禮中，男家過大禮當天，要具備婚書和議定的禮金及各種禮物，如龍鳳禮餅、椰子、茶葉、檳榔、德禽、煙酒等，差人送到女家。其中茶葉有暗喻婚姻的一種締結，女子便要信守不渝，絕無反悔。因為明朝郎瑛在《七修類稿》中有「種茶下子，不可移植，移植則不復生」之說。所以過大禮又叫「下茶」，女子受聘，則謂之受過人「茶禮」。

116

拉埋天窗——結婚。

lai[1] mai[4] tin[1] tsœŋ[1]

你個仔咁大個，拉埋天窗未呀？

「天窗」是位於中式屋頂之上的窗，用以採光或通風；大部分是明瓦，即以玻璃片代替普通青瓦，以便採光，一種是橫向有窗門的立窗，可以通風。如果立在屋頂上，可以通過這些天窗望到屋內。而結婚要拉埋天窗，則是要避免有人偷窺，保護私隱。

117 秤先啲 tsiŋ[3] sin[1] di[1]——照顧。

見係你，秤先啲喇！

用秤或天平去衡量物的重量，當物比權（砝碼或秤砣）稍重時，權方必然上升、高舉，廣州話謂之「先」，秤先啲即是物件的重量比原先所定的為多，所以有照顧之意。「先」的本字原是「軒」，是個上古語詞，原義是春秋時，周王朝及諸侯國的卿大夫以上的貴族才能乘坐的小馬車，後來引申為車的通稱。此外亦引申出其他意思，如「車前高者曰『軒』」，有高舉之意。朱熹注曰：「凡車從後視之如輕，從前視之如軒，然後適調也。」「軒」即高，「輊」即低，成語「不分軒輊」、「軒昂」等，「軒」即是高也。後來又派生出「輕、重」之義。《後漢書．馬援傳》：「援乃上書曰：『……夫居前不能令人輊，居後不能令人軒，與人怨不能為人患，臣所恥也。』李賢注曰：「言為人無所輕重也。」由此可見，秤物時，物一方重則低，而秤砣方面則輕而高舉，叫做「軒」。現代訓詁家蔣禮鴻先生在他的《義府續貂》中「軒」字條說：「以衡稱物，物重則衡高舉，嘉慶名之曰軒如雲：稱得軒一點。」廣州話唸成「先」，是沿讀中原語音的。

118

揪（dzɐu1）秤（tsiŋ3）——不服氣，有異議。

我已經做到仁至義盡，你重揪秤我？

秤是一種傳統的量重工具，當使用時，一端有個鈎或者盤，另一端有秤砣。將要秤的貨物吊於鈎上或者放在盤上，移動秤砣令貨物與秤桿兩邊平衡，就可知道貨物的重量。但如果有人質疑負責秤貨物的人不公正，秤桿不平衡，就會上前用手執着秤桿，要求重秤，此為「揪秤」。秤砣稱為「權」，秤桿稱為「衡」，所謂「權衡」即出自於此。

119 整色整水 dziŋ2 sik1 dziŋ2 sœy2——裝模作樣，以假作真。

呢個人冇嗰樣扮嗰樣，整色整水。

廣州話有句歇後語，「豉油撈飯，整色整水」。但其實此語並非來自豉油，而是與昔日有錢人家有人過世時所用的楠木棺材有關。

清徐珂編《清稗類鈔．物品類》中說：「楚、粵間有楠木，生深山窮谷，不知其歲也。或為大風所拔，橫臥沙土中，千年不朽。其色紫，其臭香，咀之軟，削之卷。土人得之而截以為棺，水不能齧，蟻不能穴，每具值千金，然亦可遇而不可求也。木商漁利，或以紫楠代之，價不過三四百金，質鬆而嫩，遠不及婺源杉板之堅固。甚有掘地為池，煮柳杉以色水，而其色紋氣味，與沙楠無異者，價值百餘金，然入土不十年，即與炭無異矣。」所謂「整色」就是設法使柳杉與沙楠同色，所謂「整水」，就是經過泡製之後，使柳杉與沙楠的紋路相似，以假作真。

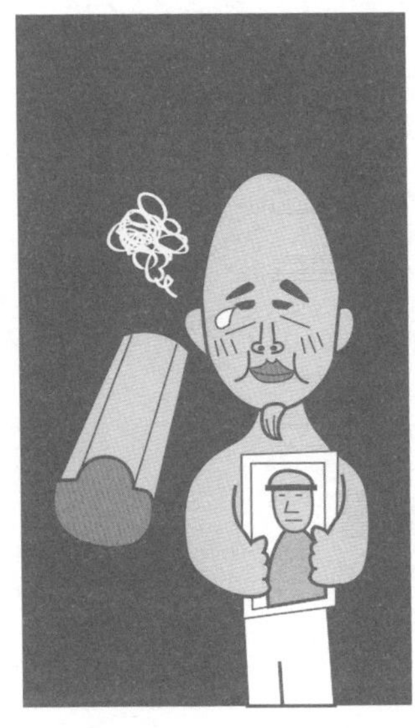

120

西江戙、岌岌槓——不穩當，自身難保。

sɐi[1] gɔŋ[1] duŋ[6] kɐp[1] kɐp[1] gɔn[3]

唔好靠佢，佢都係西江戙，自身難保。

西江是珠江的支流，流經不少鄉鎮，都依靠西江上的船隻運送物資，所以沿岸都有碼頭，而碼頭在江邊都豎有木樁，稱為「戙」，作為繫船所用。西江每年都會泛濫，多處地方水浸，水面一高，江浪也大，水流亦急。西江上碼頭的木樁會被大水沖到搖擺起來，因而「岌岌槓」。

121 丟架 diu1 ga2 —— 失禮。

你行為咁粗魯，真係丟晒我架。

「架」有兩個說法，一是功架的架，指戲曲演員表演時的身段和姿勢；二是指架勢的架，即鋪張的場面。丟架即是表演時失準，未能演出正確的身段和姿勢，或者是場面過於簡單，失禮人。

122 攝灶罅——嫁唔出。

攝 sip3 灶 dzou3 罅 la3

我個女眼角好高，個個男仔都話唔合眼緣，睇怕都係嫁唔出，留番嚟攝灶罅。

昔日普通人家的廚房都有灶頭，上面放炊具，下面有灶口，以便將柴草等燃料放入；但有些大戶人家的灶頭較大，放柴草的灶口設於灶頭後面，灶口和廚房牆壁之間留有一條狹窄的通道，稱為灶罅。通常廚子是男性，站在灶頭前面煮餸菜，而俗稱妹仔的年輕婢女，則在灶頭後面按廚子的指示，將柴草放入灶口。妹仔要放柴草，就要攝身走進那條灶罅。而妹仔通常都是雲英未嫁的女子，因此「攝灶罅」就成為未嫁的形容詞。

123 發茅 fat3 mau4——出現緊急情況，焦急不安。

聽到今日恒生指數跌咗幾百點，佢發晒大茅，面都青晒。

「茅」應為「旄」，古代天子、諸侯的出行隊伍，以及軍隊都有一系列不同形式、色彩的旗幟。其中在旗竿上插上犛牛尾的一種叫「旄」。軍隊中有一種「旄」是作報警用的。《左傳．宣公十二年》有一段話：「軍行，古轅，左追尋，前茅慮無，中權，後勁，百官象物而動，軍政不戒而備，能用典矣。」這段文字側面上反映當時行軍的應有規範。其中「前茅慮無」即是說軍隊在行進中，為了防備敵人突然出現，派出前軍偵察情況，一有發現，立即舉旆示警，由中軍決定對策。由此可知「舉旆示警」是自古以來軍中的一種制度。廣州話「發茅」的「發」字有「舉」、「揚」等意，「發旆」即「舉旆」，即是突然出現緊急情況，立即示意報警，以便應付。

124 炮仗頸 pau[3] dzœŋ[6] gɛŋ[2]

——性格率直，毫不保留。

佢真係炮仗頸，一唔啱就爆。

這句話與香港早期的爆仗工業有關。造炮仗最危險的工序是密封炮仗頂部，即「炮仗頸」時，要注入火藥和插引。進行這項工序時，必須嚴防「撞火」。因為火藥爆炸不一定是煙火引起，炮仗廠內嚴禁帶火柴進入，又不可以穿木屐，甚至連糖果也不能帶進廠內。因為工作關係，炮仗廠的地面必然會有火藥留下，如果穿木屐，和地上的火藥磨擦，就會撞出火花，廠內的枱也不能移動，因為亦會引起磨擦，就算包糖果的糖紙也容易「撞火」，撞出火花時，全廠就會爆炸。用「撞火」一詞形容脾氣暴躁，容易動怒，亦由此而來。

125

踢腳 tɛk[3] gœk[3]——忙碌，應付不來。

今日咁多客，做到踢晒腳！

踢腳一詞出自馬場，當馬匹出賽時，一群馬匹擠在一起向前奔跑，看起來好像會腳踢腳，而事實上亦有些馬會自己的後腳和前腳相踢。以踢腳形容工作突如其來，忙於應付，有如馬場的「踢腳馬」。

好忙呀！好多嘢做呀！
唔好煩我！

126

催谷 tsœy[1] guk[1]——用盡方法保持最佳狀態。

後日要考試，呢兩晚開夜車，要飲啲雞精催谷吓。

催谷亦是出自馬場。練馬師為了要自己馬房的出賽馬匹保持最佳狀態，有力爭冠，於是就要對馬匹進行「催谷」。「催」就是加強鍛鍊，「谷」是要加強馬匹的體力，在飼料上加料，稱為「谷料」。要應付一件事，既要保持鍛鍊，又要爭取營養以支持體力，與馬匹要應付賽事而要「催谷」一相似。

127 搶閘 tsœŋ[2] dzap[6] ——爭先，快人一步。

嗤嗤食過粽，又話賣月餅，餅家爭住搶閘。

「搶閘」一詞亦是馬場術語。賽馬是將出賽馬匹排列在一條直線上，前面有一個閘將馬攔住，賽馬開始，司閘員便將閘門拉開，騎師便立即策馬搶先跑出。當年賽馬所用的閘有如打排球的網，用一條長竹竿把網串起，開跑時向上拉。有經驗的騎師會在網閘剛剛拉起時搶先策馬而出，稱為「搶閘」。

參考書目

文若雅：《廣州方言古語選釋》，澳門：澳門日報，一九九二。
丘學強：《妙語方言》，香港：中華書局，一九八九。
石人：《廣東話再談》，香港：博益，一九八四。
吳昊：《廣東話趣談》，香港：博益，一九八三。
吳昊：《俗文化語言一》，香港：次文化堂，一九九四。
吳昊：《俗文化語言二》，香港：次文化堂，一九九四。
宋郁文：《懷舊香港話》，香港：創藝文化企業有限公司，一九九〇。
阿丁：《俗語拾趣》，香港：博益，一九八五。
莊澤義：《趣怪香港話》，香港：香港周刊，一九八九。
陳渭泉：《省港民間俗語》，香港：海峰，一九九五。
彭志銘：《拙中求趣》，澳門：凌智廣告公司，二〇〇一。
惠伊深：《次文化語言》，香港：次文化堂，一九九四。
劉天賜：《字海拾趣》，香港：中華書局，一九九九。
魯金：《提防考起》，香港：次文化有限公司，一九九五。
饒原生：《香江舊語》，香港：次文化堂，一九九九。
《港粵口頭禪趣解》，香港：洪波出版公司，二〇〇七。

責任編輯：胡卿旋
裝幀設計：胡可蓉
排　　版：胡可蓉
插　　畫：黃卓斌
印　　務：劉漢舉

講開有段古：老餅潮語

策劃
萬興之友

編著
蘇萬興

出版
中華書局（香港）有限公司
香港英皇道 499 號北角工業大廈 1 樓 B
電話：(852) 2137 2338　傳真：(852) 2713 8202
電子郵件：info@chunghwabook.com.hk
網址：http://www.chunghwabook.com.hk

發行
香港聯合書刊物流有限公司
香港新界荃灣德士古道 220-248 號
荃灣工業中心 16 樓
電話：(852) 2150 2100　傳真：(852) 2407 3062
電子郵件：info@suplogistics.com.hk

印刷
美雅印刷製本有限公司
香港觀塘榮業街 6 號海濱工業大廈 4 樓 A 室

版次
2014 年 3 月初版
2024 年 6 月第 12 次印刷

規格
正 32 開（185 mm x 130mm）
ISBN：978-988-8290-09-3